NO LLEVES TU DRAGÓN AL RECREO

ESCRITO POR Julie Gassman
ILUSTRADO POR Andy Elkerton

PICTURE WINDOW BOOKS
a capstone imprint

Hoy has trabajado como un niño mayor.
Escribiste, leíste. Te esforzaste un montón.

Te ganaste un descanso e irás al recreo,
pero antes, **escucha**, este es mi consejo . . .

Un dragón no atiende a ninguna norma.
Si sale al pasillo se salta la fila.

Corre y hace ruido, grita a sus amigos
y a la directora, le lanza un rugido.

Salida

Cuando sale al patio, se acerca a las barras
y de pronto hace un tremendo **drama**.

Llora y patalea. Se quiere colgar,
pero con sus brazos no puede llegar.

Si te ve en la rueda, te querrá empujar.
Y si tú le dejas, se emocionará.

Empieza despacio, pero de repente,
a todos asusta porque empuja fuerte.

Si quieres jugar con una pelota,
el dragón se apunta y escucha las normas.

Pero mientras juega, será tan feliz,
que le saldrán **llamas** por su gran nariz.

¡ASÍ QUE **NO** LLEVES
TU DRAGÓN AL RECREO!

Ya sé lo que dice el maestro y tiene razón,
la escuela no es sitio para un dragón.

Pero el mío es listo, muy inteligente
y puede aprender muy rápidamente.

Va a esperar su **turno** y será **paciente**.

Sabrá **compartir**
con toda la gente.

Jugará muy bien y alegremente.

¡Sé que puede hacerlo! Ya verá usted.
Por favor, le ruego, ¿lo puedo traer?

Los dragones vuelan y hacen mucho ruido,
pero no sabía que eran divertidos.

Todos se merecen la oportunidad
de jugar, trepar y también bailar.

Si es respetuoso, esto es lo que creo . . .

¡BIENVENIDO DRAGÓN A NUESTRO RECREO!

ACERCA DE LA AUTORA

La más joven de nueve hermanos, Julie Gassman creció en Howard, Dakota del Sur. Después de la universidad, cambió su vida en un pueblo pequeño por el mundo de la edición de revistas en la Ciudad de Nueva York. Ahora vive en el sur de Minnesota con su esposo y sus tres hijos. Para Julie, lo mejor del recreo era jugar spirobol, lo cual sería difícil para un dragón por sus brazos cortos.

ACERCA DEL ILUSTRADOR

Después de trabajar catorce años como diseñador gráfico, Andy decidió volver a sus raíces artísticas y ser ilustrador de libros para niños. Desde 2002, ha colaborado en cuentos ilustrados, libros educativos, anuncios y diseño de juguetes. Andy ha trabajado para clientes de todo el mundo. Ahora vive en un pueblo turístico de la costa oeste de Escocia con su esposa y sus tres hijos.

No lleves tu dragón al recreo es una
publicación de Picture Window Books,
una imprenta de Capstone,
1710 Roe Crest Drive
North Mankato, Minnesota 56003
www.mycapstone.com

Derechos de autor © 2020 por Picture Window Books

Library of Congress Cataloging-in-Publication Data is available
on the Library of Congress website.
ISBN: 978-1-5158-4666-6 (hardcover)
ISBN: 978-1-5158-4685-7 (eBook pdf)

Diseñadora: Ashlee Suker

Printed and bound in the USA.
PA70